못갖춘마디

못갖춘마디

초판 발행 | 2014년 3월 5일
2쇄 발행 | 2014년 12월 1일

지은이 | 송진환
펴낸이 | 신중현
펴낸곳 | 도서출판 학이사
　　　　　출판등록 : 제25100-2005-28호
　　　　　주소 : 대구광역시 달서구 문화회관11안길 22-1(장동)
　　　　　전화 : (053) 554~3431,3432
　　　　　팩스 : (053) 554~3433
　　　　　홈페이지 : http : // www.학이사.kr
　　　　　이메일:hes3431@naver.com

ISBN _ 978-89-93280-65-4 03810

목갔촌
마디

송진환 시집

學而思 | 학이사

욕심이사 왜 없겠습니까만,

이 시집에 담은 61편의 시들 중 단 한 편만이라도
독자의 가슴에 오래 머물 수 있다면

오늘은
그것만으로도 족히 행복이겠습니다.

2014. 2.

송 진 환

차례

제2부

제3부

제4부

제1부

이팝꽃 환한 봄날

이팝꽃 환히 핀
봄날을 간다
구안국도 가장자리 아슴푸레
잊혀 진 기억들 바람결에 흔들리는 그 속으로
힘껏, 가속페달을 밟아 들어가면
꿈으로 출렁이던 가슴 절로 열려 누군가
툭 어깨를 친다
봄날은 나를 꿈꾸게 하는구나

열린 차창 새로 봄내음 물씬 밀려든다
풋풋하던 지난 한때 기억들도 따라와

그렇구나,
잊고 산 날들 이리 많았구나
모롱이 돌아 차를 잠시 멈추면 아하
곳곳이 다
꿈꾸는 봄날이다

산들이 겹겹 푸르게 와 안긴다

낡은 침대

낡았지만 너는
내 숱한 잠들 떠받쳐 왔고 더러
잠을 빠져나온 꿈들이 모서리에 걸려
툭툭 넘어지는 밤에도
오랜 반려자처럼 곁에 있어 나는 너를
버릴 수 없구나

이따금 삐걱거리며
벽 쪽으로 날 돌아 눕히는 것은
벽이 기억하는 어둡고 딱딱한 슬픔 새겨보라는 뜻인가
혹은 젊은 한때
날마다 벼리던 시퍼런 칼끝이 누군가를 겨누던
그런 허망한,
부질없던 시간 돌아보란 뜻인가

낡았지만 너는 진정
내 삶의 한쪽 따뜻이 감싸 안아
또 한 번 못질할지라도 차마 버릴 수 없구나
설령 더는 꿈꿀 수 없다 해도 거긴
내 지난 한 시절이 마냥 뒹굴고 있는 것을

기와불사

기왓장 하나에
삶의 무게 다 내려놓을 수야 있겠나만
또박또박
가장 절실한 몇 마디 말들, 살아있다

새벽 범종소리에, 불경소리에, 바람소리 물소리에 씻겨
지울 것 다 지우고

시와 뜨개질

겨울로 가는 길목에서
나는 시를 쓰고 당신은 뜨개질 한다
내 시는 늘 그늘져 당신 가슴 더 서늘케 하지만, 당신의
뜨개질 속엔 따뜻함이 배어 한 땀 한 땀
사랑이다, 그렇지만
사랑에도 눈물이 있어 당신 밤은 자주 젖고
난 수시로 가슴 치며 더 그늘진 시나 쓰고
자꾸 겨울로 간다

우린 어느새 내일보다 어제를 생각하는 나이가 되어
흐린 불빛 아래서
간간 얼굴 마주보며 서로의 마음이나 읽으며
지나가는 바람소리도 낮게 듣는다
남은 날이 얼마일진 알 수 없지만
겨울이 올 때까지 당신은 뜨개질을 멈추지 않을 것이고
나도 이젠
당신 가슴 데울 시 한 편을 위해 오래도록
늦은 밤 서성일 테고, 그렇게 자꾸 겨울로 간다

가볍다

이른 아침, 새들이
피아노 건반에 앉았습니다
그들의 음계로 두드리는 소리에
세상 것들, 그만큼의 높이로 깨어납니다

가지들 흔들리며 잎들 눈뜹니다
별빛 누웠다 간 자리 풀들 기지개 켭니다
내내 졸던 아파트 경비도 모자를 고쳐 씁니다
바람은 그것들 모두 쓰다듬고 갑니다

그렇게 하루는 일어서고, 새들은
그제사 건반을 떠나
그들의 아침 속으로 가볍게, 가볍게 날아갑니다

녹슨 스프링 하나

여름 한낮 뙤약볕 아래
기다리는 버스는 오지 않고 문득
길 가장자리 스프링 하나
발갛게 녹슬어 이제 튀어오를 수 없고
만지면 이내 바스러질 듯,
앙상하다
저도 한때는 통통 가볍게 튀어 올랐을 것을
기다리는 버스는 아직도 오지 않고

저 스프링 언제부터 저기 있었을까
아무도 돌아보지 않는 세월 속에 저리 삭도록
저는 무슨 생각으로 버텨왔을까
잊혀 진다는 건
세상 안에 있어도 세상 밖에 있는 것을
그렇지, 우리도 어느 땐가 잊혀져
저처럼 뒤꼍으로 밀려 덧없이 삭고 말 것을

기다리는 버스는 끝내 오지 않고

가려운 곳은 매번 손닿지 않아도

가려운 곳은 매번 손닿지 않는다

손닿지 않아 그곳은 늘 가려운 채 남겨져
삶은 때때로 어지럽게 흔들리고
더러 잠 속에서도 어문 곳 피 나게 긁어댄다
한없이 가닿고 싶은 것이다

근데, 살며 가려운 곳 어디 한두 군데던가
부대낄수록 가려운 곳은 그만큼 더 늘어 몸부림치지만
몸부림칠수록 점점 중심에선 멀어져 아득히 밀리는 것을,
근데

밀릴수록 가려움은 또 심하고, 어쩐다?

어쩌랴, 삶은 애초 밀려가는 것이라
가닿을 곳도 정작 우리는 알 수 없는 것이라
가려운 채 흘러갈밖에

그렇게 흘러가노라면 어느 땐가 가려움도 좀 숙져

안개 너머 빛 한 줄기 볼 수 있을 것이라

믿기에, 우린 오늘도 중심에서 멀어진다 해도
뜨겁게, 참고, 떠나보는 것이다

쓸쓸하다, 란 말은

이 저녁
쓸쓸하다, 란 말은 내게
형용사 아니라 동사다
허공을 끌어당기는 저 잎새들의 파장에,
담쟁이 마른 덩굴을 벽지처럼 바른 채
무언가 안간힘으로 밀어내는 저 옹벽에,
가슴 마구 흔들리는 건 분명
형용사로 설명될 순 없다
어둠 내릴 때 그대 빈자리를 서성대는 것도 결코
형용사론 설명될 수 없다
말하지 않는다고 어디 고요한 것인가
고요한 듯 안으로 끓어오르듯이
쓸쓸하다, 란 말은 내 안에서 끝없이 흔들리는 것이다

어둠 속에 혼자 있을 때
잊혀 진 이름들이 언저리를 맴돌아 더 쓸쓸한 것이
당신을 더 먼 곳으로 끌고 가지 않던가
그런 것이다, 이 저녁
흐린 불빛 안고,

우리 모두 지나가는 계절을 더듬고 있는 건 분명
형용사로 설명될 순 없는 것이다

바지

벗어둔 바지가

어제를 증언하듯 구겨진 채

의자 등받이에 제멋대로 걸쳐져 있다

구겨진 만큼 돌아왔으리

돌아오며, 힘겨웠던 것들

그 주름살 속에 숨어 있으리

얼굴 붉혔던 사연들만은 아직 얼룩으로 남아 저리

후줄근히 아침을 맞고 있다

오늘 내 길은 얼마나 멀까

또 얼마나 구겨져 내동댕이쳐질까, 더러는

서러운 얼룩까지 묻어

섬은

섬은
모여 있어도 늘 혼자다, 설령
섬과 섬 혹은 섬과 뭍 사이 다리가 놓인다 해도
외로움과 그리움은 그냥 남아
섬은 온전히 섬일 뿐이다
푸른 물길로만 네게로 갈 수 있어
알량한 타협으론 끝내 이를 수 없어, 섬은

오늘도 우리 가슴에 부는 서늘한
바람인 것이다

종점

어느 것이나 종점은 있을 터인데
변두리 야적장 근처
잡풀들 무성한 사이 버려진 신발 한 짝
세월 따라 엔간히 삭아 있다, 그곳이 그의
종점인 줄 그는 알고 있을까
삭는 동안 기억들 하나씩 따라 흩어지고 지금은 단지
쓸쓸한 배경이 되어
떠듬떠듬 가을을 힘겹게 읽고 있다
그 곁 비탈진 곳
짓다만 빌라 신축공사장엔 그늘도 깊어
더 을씨년스럽다, 어쩌면 그 건축주는
신문 사회면 구석에서 종점을 맞았을지 모른다
머잖아 가을햇살도 떠나 겨울 오면
변두리 야적장 근처엔
죽은 것들만 모여 종점의 무덤이 될 것이다

휘어진 못 하나

휘어진 못 하나,
길 잃고 낯선 곳에서 혼자
굴종의 아픔 참아내는 중입니다
보도블록 틈새 비집고 누워 멀거니 하늘 보며

한때는 반짝이던 날 있었습니다
제 무게로 온전히 버틸 수 있는 곳 골라
탕 탕
꿈꾸던 날 있었습니다, 그러나

당당하던 삶 한순간 휘어지고 말아
아득히 잊혀 진 채 변방으로 밀려 오늘은
서럽게 하늘이나 봅니다
이런 날 하늘은 더 차도록 눈이 시려
휘어진 못 하나,
자주 돌아눕습니다

돌아누워 곰곰 생각습니다
이만치 밀려오는 동안

굽이진 자리마다 늘 바람 거칠어, 벌겋게
풍화되던 삶 흉터로 남은 것을
세월 탓에 이제
굽은 등마저 끊어질 듯 위태로운 것을

서러운 가을볕이
저무는 시간을 애써 떠받치고 있습니다

이 후비다

옛적에, 아버진 종종 밥상에서
이 후비셨다
당신 삶의 틈사인 시나브로 벌어져 찌꺼긴 쌓여
오래 이 후비셨다
우린 일제히 수저 놓고
에이, 에이를 연발하며 투덜투덜 일어섰다
어쩌면
우릴 위해 아버진 자체로 찌꺼기였을지 모르는데
우린 이 사이 찌꺼기만 보고 있었다
우리도 세월 흐르며
삶의 틈은 또 그렇게 벌어져 찌꺼긴 쌓여
오늘 아침 밥상에서
그때의 아버지처럼 이 후볐다
아이들의 눈치는 보지 않았다
그들도, 그들의 세월 더 흐른 후엔 내 아버지처럼
나처럼 오래도록 이 후빌 테니

뼈

건어물 전에, 마른 뼈들
주렁주렁 매달리거나 누웠다
더러는 꼬챙이에 꽂혀
꿈들 다 잃어버린 채 마를 대로 말라
살도 이미 뼈로 굳었다
앙상한, 뒤집힌 저 몸뚱어리
정신이 머물 곳은 어디에도 없다
파리들 자꾸 날아든다
주인은 연신 부채로 파리들 날려보지만
뼈는 이제 소생할 수 없다
파도소리 아득히 멀어진 지 오래고
8월의 햇살만
건어물 전 주검의 냄새 위를 풀풀
날아다닌다

뼈는 지금 풍장 중이다

기우는 연대年代

　세상이 자꾸 기웁니다 어느 땐가 제자리로 돌아올 거란 믿음은 없습니다 신문의 활자들은 습관적으로 기어 다니며 어둠을 불러 모으고 어둠의 크기에 따라 활자의 크기도 달라집니다 잿빛 거리엔 바람이 바삐 지나가고 불안한 저녁입니다 모두 서둘러 돌아가지만 어딘가 뒤뚱거리며 위태롭기만 한

　이제 서러운 밤은 올 것입니다 아껴둔 꿈마저 흐린 불빛에 묻혀 기억 밖으로 흩어지고 모두는 불편한 잠 속에 들어 아침은 쉬 오지 않을 것이고 오래도록 악몽에 갇힐 것입니다

제2부

결빙과 해빙 사이

언 마음을,
서로가 깊숙이 끌어당겨
한번쯤
뜨겁게 안아보는 것이다

그렇게
겨우내
속속들이 파고들어 더는 뜨거워질 수 없을 때쯤
그때사 스르르
서로를 놓아 보내는 것이다

겨울로 가는 나무

제 몸의 곡선들 하나씩 지우며
직선으로 날카롭게 삶의 뼈 세운다
겨울로 가는 나무는,
뚜벅뚜벅 바람 앞에 선 채
지난계절의 기억들 낙엽으로 흩어내며 다시
한 시절을 마름질한다
버려서 얻을 요량이라 더 절실한, 어쩌면 처절한
말로써는 이룰 수 없다는 것 몸으로 보이듯이
차츰 드러내는 앙상한 모습에서 제 지난날도 결코 순탄치
않았음을
뜨겁게 증거한다,
갈라진 손등과 부르튼 몸피 보라며

이제 겨울로 가는 나무는,
더는 그늘을 만들지 않고, 속속들이 저를 다 보이는 것이
세상 순순히 용납할 태세다
머잖아 첫눈 올 거란 예보마저 오히려 따습다

무덤 앞에서

봉분을 둥글게 세우는 일은
아마,
살아서 각角진 것들 다 거두어 가란 뜻일 듯

사는 일은 날마다 날카로워
찔리기 전에 찔러야하고
베이기 전에 베어야하고
더러 웃음마저 각角져 방심할 수 없는
자체로 칼날인 것을

살아서는 모른다
살아가는 유일한 방식이라
하나의 상처가 하나의 훈장인 듯 자랑하며
상처 더 키워가던 것을

그러다 바람 불어
떠날 때면
훈장은 주르르 흘러내리고 상처만 남아
불현듯 그렁그렁 아픔 치밀어오던 것을

산 자들이 더듬어
어렴풋이 기억해 내곤
찔리고 베인 자리 더 많을수록
드높이, 둥글게 쌓아
지난날의 상처 보이지 않게 덮어주는 일일 듯

어둔 물살

조기의, 마지막 바다를 해체하는 중
바다가 잠시 출렁대더니, 느닷없이 튀며 벌떡 일어선다
보이지 않던 힘이 남아 있었구나
억센 뼈는 네 삶의 질곡 짐작케 하지만, 그렇더라도
이미 푸른 바다는 보이지 않는다
눈빛은 바다를 떠난 지 오래고 그리움도 다 사라지고 말아
네 바다는 그렇게 해체될밖에
어쩌면 지금, 내 바다도 해체되는 중인지 모른다
밤마다 어깨가 쑤시고 다리는 붓고 또 생각은 매양 어지럽
게 흩어져
자꾸 어둔 물살로 밀려온다
건조주의보에도 둔감하고, 황사주의보에도 둔감하고
폭염주의보, 파랑주의보, 한파주의보…… 대설주의보에도
둔감하고
주의보가 경보로 바뀌어도, 둔감하다
나는 어느새 나를 잃었다
어둠이 올 때도 섣불리 불 켤 수 없는 걸 보면

조기는 이제, 조용히 눈 감고 그의 바다를 거두어들일 것
이다

*청색노을

달아공원에서 본
섬들 사이 지우지 못할 노을빛
오래, 오래 보노라면 아하 저리
푸른빛 띠며 되살아나는구나
순간도 오래 붙잡을 양이면
푸른빛이 제일인가

돌아오는 뒤쪽으로 청색노을이 따라온다

* 청색노을 : 전혁림 화백의 작품명

갈참나무숲

갈참나무숲은 이 가을
수런거리며, 쟁여둔 지난여름 하나씩 게워낸다
숲을 키우던 바람소리하며
맑게 걸러낸 물소리하며
이젠 갈빛이 된 꿈의 조각들까지

게워내는 동안
하늘과 땅은 차츰 길을 열어 서로 손 맞잡고
갈참나무숲은
우주의 중심에 선다, 그리고
발등 위로 툭 제 한철의 무게마저 내려놓아 한없이
가볍다, 이 가을

저 안에 들면
갈참나무숲을 닮아 우리도 따라 가벼울 듯싶은

못갖춘마디

.

낡은 잡지 표지에,
외투 입은 그 여자 아직 겨울 앞에 서 있는데 어느새
봄은 이만치 와 만개했다

그 여자 애써 봄 속으로 들어오려 해도 바람에 마냥
나부낄 뿐이다
누군가 두고 간 철 지난 잡지는 공원 벤치에서 서글피
혼자 책장을 넘기고 있다

흘러간 것이 아름답다는 말 영 믿을 수 없다

봄날의 기억

고봉밥을 받고도 아직
허기가 지는 것은
오래전 기억들 쌓여 아예 습관이 된 탓인가
습관이란 때로 우리 뒷덜미를 낚아
어제로, 자꾸 어제로 되돌아서게 하는 과거지향적이지만
또 따뜻한 일부다
네가 무수한 반복 속에서 습관 하나 이루지 못했다면
이 어둠 앞에 무얼 믿을 수 있을까
익숙하게 숟가락으로 국물을 떠먹고
젓가락으론 콩자반을 집어 전혀 서툴지 않게
입으로 가져가는
이 보편적 행위가 신비롭지 않은가
습관 앞에 꼭 '나쁜'이란 수식어를 붙이는 건 참으로
나쁜 습관이다
고봉밥을 받고도 아직
허기가 지는 것은
오래전 기억들 쌓여 아예 습관이 된 탓이다, 분명
낡은 삽자루처럼 숟가락 꽂혔던 자리
당신 한생의 허기 고였을 듯싶어

그 저문 날을 주섬주섬 더듬고 있는 동안
아버지는 또,
이팝꽃 환히 핀 봄날 지나 먼 길 떠나셨다
우린 모두 습관처럼 허기가 지고

생각을 따라가면

굽은 생의 부끄럼이
꺾이는 그 어디쯤
희미한 조등弔燈 하나 걸릴 것이다
그곳엔
낯익은 다른 굽은 생들이 모여
저들의 굽은 생을 더 굽이굽이 풀어낼 것이고
밤은 깊어갈 것이고, 하여간
망자에 대한 기억은 차츰 희미해지면서
산자들의 이야기로 채워질 것이다
누군가 추임새인 양 망자의 삶 간간 섞어 넣을 테지만
진정, 진정은 사라진지 오래
목청 돋워
스스로 살아 있다는 것 증거하듯이 허공을 향해
죽일 놈, 죽일 놈, 만 외칠 것이다
산자들은 알까? 상가喪家란
저들을 위해
망자가 베푸는 가장 큰 보답인 것을
영하의 날일지 모른다
취한 채 어지럽게 흩어진 신발 끌며

돌아가는 길은 바람도 서럽도록 매서울 테고
망자와의 인연은 그것으로 그만일 테고

내일, 우리는 어디론가 또 굽어져갈 것이고

술 아니고, 밥이다

이른 아침, 채소장수 김씨의 해장술 한 잔은
술 아니고, 밥이다

사는 일, 하나의 잣대로는 풀지 못한다

오독誤讀

한생 내내 울고 가는데
그러다가 순간
툭,
지는 목숨인데
노래하다 놀고 간다는 소문
지독히 악의적인

오독이다

세상은 자주 그런 곳이다

그늘

통화권이탈지역에서
잠시 불안했던 적 없었던가, 당신
순간 방향 잃고
모두의 기억 속에서 지워질 듯한
두려움의 그늘에 덮인 적 없었던가, 당신

우리의 이기利器가 우리를 불통케 한다는 생각
그쯤에서
우리를 한번 돌아봐야지
무엇 위해 달려왔던가

위한다는 말의 참뜻 잊은 지 오래라, 단지
어제보다 오늘은 달라야 하고
오늘보다 내일은 달라야 하고
끝없이 막무가내 달려야만 하는 이 고행

놓아야지, 놓아서
한 번쯤은 이탈된 것끼리 그리워도 하고
더러는 잊혀져

세상과 아득히 멀어진 채 비로소
가슴 탁 열고 제 노래 한번 불러도 봐야지

성에꽃

유리창에 핀 저 성에꽃 보라
가난한 자의 겨울을 지켜
시린 채 꽃이 된
성자 같은 몸짓
슬픔도 갈무리하면 꽃이 되는 것을

아무렴, 우리 사는 세상 슬프기만 하랴

늘 그늘 져
바람 많은 곳에 성에꽃은 또 만발해
우리 아픔 안으로 안아
꽃 아니라도 꽃이 된, 어쩌면
꽃보다 더 꽃다운
종교 같은 꽃,
너
성에꽃

아무렴, 우리 사는 세상 아프기만 하랴

때로는

나무처럼,

몸으로만 말하고 싶은 때도 있는 것이다

창을 닫는다, 불을 끈다

어둠으로 온몸 덮고 누워

생각만 멀리, 먼 곳으로

보내고 싶은 때도 있는 것이다

아내에 대한 생각 4

아내가 쪼그리고 앉아 빨래를 한다
여읜 뒷모습엔 참 많은 말들 수런대지만, 나는
끝내 그 말들 읽어내지 못하고, 내내
가슴만 턱턱 막힐 뿐이다
헝클어진 머리칼 위로 햇살 저리 기우는데 아내는
오래도록 빨래를 한다
와이셔츠의 목덜미를 비벼 빠는 동안 까닭 없이 내 목은 조이고
세탁기 속의 바지, 속옷, 양말들 돌아가며 털어내는 기계음은 꼭
아내의 속울음 같다
살면서 대책 없이 엉겨 붙던 어둠은 자꾸 깊어
울음도 이젠 밖으로 터져 나오지 못하나 보다, 그렇구나
아픔은 울음이 되고, 그마저 쌓이면 웅어리 져 저렇게
안으로 안으로만 삭일 수밖에 없는 거구나

오늘은,
아내의 뒷모습에 내 가장 아껴둔 꽃등 하나 내걸고 싶다

제3부

고사목

죽어서도, 마저 죽지 못하고
한 시대를 좀 더 아프게 견뎌야한다

근데, 삶과 죽음의 경계 어디일까
우리 지금 살아있는가
게걸스럽게 먹고, 어제의 그 드라마를 오늘 다시 보며 눈물
한 방울쯤 흘리면
살아있는 것인가

이파리 하나 없이 가지도 다 꺾인 채, 그러나
외진 산길 지키고 선 저 고사목 참으로 죽은 것인가

枯死, 枯死
누군가 처음, 죽었다 했을 테지만
내 눈엔 아직 마저 죽지 못하고
한 시대를 아프게 견디고 있는 듯싶다

삶과 죽음의 경계 쉬 가늠할 수 없다

변비

그날 아버지도 이 변기에 앉아
당신의 통로가 막혀 한없이 절망했을지 모른다

오래 앉아
아득히 저편으로 아버지의 용쓰는 소리 듣는다

어제 밤 꿈속에서 아버지는 슬프게
날 보고 계셨다, 어쩌면
당신의 살아 막막했던 날들 내게서 보고 계셨던가
무겁다, 뒤가

삶은 때때로 까닭 모르게 막혀
그 물꼬 쉬 찾지 못한 채 실없이 용만 쓰다 끝내는 피 흘려,
무진 아픈 것을
이만치 아버지의 나이쯤에서 어렴풋 아는 이 우둔함
나를 또 그렇게 막히게 하는 까닭인가

이 아침,
그 막힌 것 한 번 뚫어볼 요량으로
기도처럼 간절히, 온몸으로 벌겋게 벌겋게 오래 용쓴다

회전문에 대한 기억

한때, 회전문 앞에 서면
회전문의 속도에 내 속도 맞출 수 있을까
자칫 그 안에 영 갇히지나 않을까 내심
불안한 적 있었습니다
그 한때의 기억은
살면서도 좀체 지워지지 않았고 지금도
회전문 앞에 서면 왠지 자유롭지 않습니다
불온한 시대를 건너온 탓일까요
이따금의 악몽도 그 탓일까요, 오 저런
회전문 저리 두려움도 없이 들고 나는 사람들은
어느 시대를 건너왔을까요, 어쩌면
달거나 쓰거나 그대로 다 용서하며 사는 성자일까요
8부 능선에 서 있어도
부질없는 생각 이리도 많습니다
빌딩은 늘 너무 위압적이라
그늘만으로도 내 한생 다 덮을 듯싶습니다
재빨리 돌아서서 냅다
어린 시절 열려도 그만 닫혀도 그만인 그
사립문 향해 달렸습니다

그처럼 회전문에 대한 기억은 내게 매번
짙은 어둠입니다

너에게 말한다

쓸쓸한 날 혼자, 빈방에서
흘러간 노래 불러본 적 있는가, 가령
'봄날은 간다' 를
두 번 세 번 불러본 적 있는가
그러다가 더러
꺾여 넘어가지 못한 그 어디 구성진 자리
몇 번이나 겉돌며 서러워한 적 있는가
흘러와 이만치 서면 지난날이 다 봄날이라
오늘은 창밖에 바람만 저리 많다
여름도 지나 가을도 지나 온통 시린 것들만 어지럽게
흔들린다
흔들리는 만큼 또 바람이 빈방으로 스며들어
서 있는 것들은 모두 넘어질 듯, 위태롭다
책들이 먼저 위태롭다
컴퓨터와 탁상시계가, 액자들이, 옷걸이까지 차례로
위태롭다
갈수록 무거워지는 가슴
더는 주체할 수 없어 다시, '봄날은 간다'
'봄날은 간다' 를 악쓰듯
불러재낀다, 그러나 봄날은 오래전 가고 없었다

각진 식탁에 혼자 앉아

두레밥상은 어딜 앉아도
둥글었다
어제 당신의 자리, 오늘
내 자리 되어 어느새 나도 둥글었다
그래, 두레밥상에 앉으면
누구나, 절로, 둥글어졌다
거기 놓인 것들도 둥글지 않은 것 없어
나누는 이야기마저 모두
둥글었다
그러나 세월은 모서리를 만들고
두레밥상에 둘러앉았던 얼굴들 하나 둘 떠나고 말아
그 자리,
기억 저편에서나 단지 가물거릴 뿐

오늘은 낯선 곳에서
허전한, 각진 식탁에 혼자 앉았다

그것이 문제다

여자는,
귀에는귀걸이목에는목걸이팔에는팔찌손가락엔반지
발에는발찌
어느 곳도 묶어두지 않은 곳 없다
스스로 이 여름 풀리는 것을 경계하나 보다
그런데도 어딘가 허점은 있어 다리 사이 바람이 들락거
린다
여자는,
그때마다 다리를 꼰다

병원 대기실의 시간은 언제나 길다
여자는 어디가 아픈 것일까 저리 친친 묶어뒀는데
어쩌면 보이지 않는 어디 들키지 말아야 할 무엇 숨겨둔
걸까

그것이 문제다,
묶어서 아무 것도 들어오지 못하게 하는 동안 여자는 스스
로 갇혀있는 것이다
단지, 어둠만이 밝음인 체 위안한다

여자는, 귀걸이를 풀지 않고 목걸이를 풀지 않고 팔찌를
풀지 않고 반지를 풀지 않고 그리고

발찌를 풀지 않는 동안

오늘처럼 병원 대기실에서 오래도록 기다려야 할 것이다

삶의 비탈에 서면

아버지의 시계는
멈춘 지 하마 오랜데
때때로 나는 아버지의 시간 속에
갇힌다

그곳은 늘 그늘이 깊어
아래로 가라앉는 당신 한숨과
나를 키운 신음과 바람이 있을 뿐이지만
그 한숨과 신음과 바람은 지금도 내
느슨한 삶 곧잘 흔들어 깨우며 빛으로 와
언제나 당신 사랑인 것을

그러기에,
자주 막혔던 당신 삶 이젠 지우지 못할 그리움 되어
가슴 안쪽 밀물인 듯 밀려와 내게, 오래
머무는 것을

빈집

서로 살 부비며, 그래서
온기 가득하던 그 집엔
이제 바람만 소복 모여 지난 한때를 수런거린다
그들이 두고 간 흔적들
어느새 낡은 역사 되어 세월에 밀려
뒤란에서 단지 서성일 뿐

모두 어디로 갔을까
혹여 도시의 변방이나 떠돌고 있지는 않은가
무너진 담장하며 버려져 삭은 고무신하며 녹슨 호미 무성
한 잡초하며…
알 수 없는 설움이 왠지 내게로 북받쳐 돌아서는데
저 혼자 핀 목련 저 혼자 지고 있다

바람이 배웅을 하는지
삐걱삐걱 기우는 한 시대가
가슴에 그늘 되어 얼룩처럼 남는다

가을의 깊이

주체할 수 없이 가슴부터 떨려와
가을의 깊이
이리 깊은 줄 새삼 알았다
서녘으로 빠져나간 한 무리 새떼도
바들바들 떨며 지는 저 낙엽의 마지막 한숨소리도
가을을 다 말하지는 못한다, 하물며
지난여름 그 질퍽하던 장마나 지독한 불면의 열대야 따위
가 어찌
가을을 말할 수 있으랴
한생의 가을 녘에 서보는 날에야 비로소
가을은 가슴 깊은 곳에서 떨리며 온다는 걸 알게 되는 것을
추수도 끝난 들판을 바람이 지나간다
참 먼 곳에서 불어왔을 터인데 한 곳에 머물지 못해 저리
어지럽게 서성이는 것은
내 가을을 더 깊은 곳으로 끌고 갈 모양이다
후두둑 비 한 줄기 계절을 건너가는데
떠난 이의 뒷모습만 서글피
빗물에 젖은 채 간당간당 바람에 흔들린다

세렝게티

티브이 속에선 지금
몇 개의 장면 찰칵찰칵 지나가는데 그 속도로
한쪽에선 누 한 마리 제 한생 벌겋게 뜯겨 한없이 어둡고
한쪽에선 또,
새 생명 막 자궁을 빠져나와 세상이 다 환하다
비우고 채우며
지구의 중심은 그렇게 기울기를 맞추는가

세렝게티엔 풀들 무성하고 평온하지만
건기가 되면 그 평온 수시로 깨져
떠나는 자, 남는 자, 절망이 깊어져 다시
비 내리길 애타게 기다리며
서로의 경계 조심스레 엿본다, 그렇더라도
누나 얼룩말 톰슨가젤이
사자나 치타 하이에나 따위 맹수보다 더 오래
세렝게티를 지킬 것이 분명하다
잃는 것보다 얻는 게 많은 자만이 끝내 살아남을 것이기에

미물과 미물 사이

당신, 아파트 13층에 올라
아래를 한번 내려다보세요
(좀 아래층이거나 위층이라도 무방합니다)
지상은 위태로워 사람마저 미물 같아 자칫
밟힐 듯 불안할 때 있지요, 개미 같지요
그처럼 13층의 간극 속에선
사람과 미물, 분류 불가한 존재이지요

누가 성가신 고양이 한 마리 13층 난간 밖으로
망설임도 두려움도 없이 던졌다는데, 그러고도
멀쩡히, 태연히, 당당했다는데
순간, 스스로 저를 던져 미물이 된 것이지요
머리 위에 늘 하늘이 열린 것은 분명
두려움 알라는 뜻일진대
우린 하늘이 거기 있다는 것조차 잊어, 자주 잊어
자꾸 사람에서 멀어집니다

한 미물이 한 미물을 죽였다는 것이 뉴스가 되는 것은
그래도 아직
작은 희망의 촉 남은 탓이겠지요

새벽 강가에 서면

흐르는 것이 어디 강물뿐이랴
잊혀 진 얼굴
지키지 못한 언약도 이젠 모두
흘러버려
흐르는 것이 어디 강물뿐이랴

아슴아슴 그리움 되어 못내 아쉬운 것은
진작 바다에 닿아
이따금 오늘처럼 강가에 서면
물결로 흔들리며 되돌아오는 것이, 그러니
흐르는 것이 어디 강물뿐이랴

뿌옇게 새벽 사이
아침을 깨우고 있는 저 새소리마저 어느 땐가
흘러, 가슴엔 그늘지고
하릴없이 그 그늘 속에 우린 또 묻힐 것을

생각하면,
흐르는 것이 어디 강물뿐이랴

아무 일도 없었다

비둘기 한 마리
아침을 흔들고 있네
유해조류로 낙인 찍혀도
내 아침은 네가 깨우네
가당찮은, 인간의 무모한 잣대로 너는
이제
별 볼일 없는 새 되었더라도
아직 내게
아침을 물어다 주는 너는, 착한 이웃이네

아침은 어제처럼 환하네
이마의 낙인쯤은 나도 너도 개의치 않아
하루를 또
가볍게 시작할 수 있겠네

창 닦는 사내

헛짚고 헛짚다가 끝내
깊이마저 알 수 없는 주검 같은 빌딩에
줄 하나 매달고 창 닦는 사내
세상이 더럽힌 창 그가 닦는 것은
다가올 생을 위해 스스로 저를 닦는 고행인가
사람들은 아찔해 오금 저리다지만 정작 그는
내려다보는 저 아래
세상이 더 위태로워
줄 위에서만 오직 내일로 갈 수 있다
세상보다 하늘에 더 많이 귀 열어
가슴은 점점 넓어져 풍선처럼 부풀고
세월 따라 아무도 몰래 날개도 돋아 삶의 반은
하늘을 날아다닌다
땅에 내려설 때도 하늘의 일은 결코 발설치 않는다
느지막이 돌아가는 길엔 처마 가장 낮은 집 골라
제 몸 안의 먼지마저 닦아낼 요량으로
말간 소주 한 잔 별빛에 담아 마신다

그는 어느새 성자가 되었다

어떤 가을

중년의 한 사내,
열쇠 꾸러미 허리춤에 차고
버스를 탄다
버스가 잠시 휘청거린다
내려놓지 못한 열쇠 자꾸만 쌓여 참으로
무겁게 왔나보다
우린 모두 내일로 흘러가지만
사내의 내일 뜬금없이 궁금타
나도 내 주머니 속의 열쇠를 만져본다
버리고 버려도 다 버리지 못해
아직 몇 개의 열쇠가 남아 나를
무겁게 한다
사람마다 제 나름의 열쇠 몇 낱 안고 살아간다지만
가장 소중한 열쇠는 보이지 않는 곳에 따로 있을 터인데,
우린
행운의 열쇠 따위 황금을 위해 오늘도
허리춤이나 주머니의 열쇠 붙들고
힘겹게, 위태롭게
가고 있다

사내가 내릴 때
또 한 번 버스는 휘청거렸고, 그 떨림은
다시 내게로 와
오래도록 이 가을을 어지럽게 한다

황사

네거리 신호등 근처
흰 페인트 두르고
대충 누워있는 사람 봅니다
그래 대충, 눈도 귀도 코도 없이
성별도 알 수 없이
두 다리는 희한하게 꼬여 있습니다, 어쨌거나 지금쯤은
몸과 마음 모두 이승 떠났을 터
'목격자를 찾습니다……' 절절한 사연만 남아
빈자리 지키며 펄럭입니다
서둘러 도망친 누군가의 뒷모습이 어른거립니다
살아서 더 아플 것 같은
얼굴은 끝내 보이지 않고
비틀거리며 어둠 속을 가고 있습니다
그 깊이는 도무지 알 수 없습니다
순간, 우린 모두 우릴 놓쳐
어느 낯선 곳에서 길 잃은 채 깊숙이
참았던 한숨 길게 내쉽니다
뿌옇게 황사로 덮인 하늘빛이 더 흐려 뵙니다

제4부

양파처럼

살면서,
어디까지가 껍질이고 알맹인지 알 수 없어, 때로는
껍질이 알맹이 되고
알맹이도 껍질 되어
껍질과 알맹이의 경계는 늘 모호하다
그건 믿음에 따른 가변적 속성 때문이다
그런데, 그 믿음마저 가변적이라
껍질과 알맹이의 경계 자주 놓친다

양파를 까다 문득 그 경계 부질없이 궁금하다

하루살이

그들의 한생을
하루에 가두어버린 인간은 이기적이다
돌아보라, 너
참으로 네 한생
불빛 아래 모인 저 하루살이의 몸짓보다 치열했던가
날마다 놓치고 살아
놓친 만큼 또 숱한 넋두리로 하루를 채워
하룬들 어디 온전한 날 있었던가
그렇게 한 백년 산들 그들의 하루보다 참으로 당당할까
그들의 하루만은 어디에도 부끄럽지 않아
네 하루와 빗대는 일은 금물이다
실은 그들이, 마지막 하루를 위해
습한 곳 돌아온 숨 막히던 날들 너 아니?
기껏 하루나 보아
하루살이 같은 삶이라 하찮게 빗대지 마라
인간은 자주 인간답지 못해
저만이 기준이라는 못된 습성에 매몰되어 있는 것

돌아보라, 너!

점멸등 앞에 서서

점멸등 앞에 서면, 나도 따라 점멸한다
자꾸 건너갈 때를 놓친다, 그 사이
불안은 쌓이는데
그때마다 바람 불고 비 내려, 춥다

잽싸게 건너지 못해 오래 떨고 있는 동안
어느새 어둠 내리고
나만 조바심치며 서성대는 건 아무래도, 서럽다

질주하던, 폭력적인 것들이
점멸등도 비웃고 지나간 시간 속에, 나는 아팠고
그것들의 뾰족한 노림수가 지금도, 두렵다

애초 점멸등 앞에 선 게 잘못이었다
그게 가장 위태롭고, 치졸한 방식이란 걸 알지 못하고
그 앞에 선 게 잘못이었다, 어쩌랴 이제
어둠 더 깊어가는 걸

낙엽 지는 소리 가슴을 타고 흐른다
점멸등은 더 바쁜 듯 깜빡이고, 나는 부질없이 한숨만 길다

난닝구

난닝구 그게
인터넷 검색을 해보니
러닝셔츠더구먼, 그러니 그게 원래
달릴 때 입는 옷인 모양인데
난 그걸 입고 숱한 세월 살았지만
한 번도 달려본 적 없어,
생각해보니 황영조나 이봉주가 입고 뛰던 윗옷이
난닝구와 비슷하긴 한데, 난 그걸 입고
청소하거나 담배 피우거나 가끔은
시도 쓴단 말이야, 그럼 내가 입은 그건
대체 무슨 옷이야?
난 그 난닝구를 용도도 모른 채 입고 살았단 말인가?
아 그렇구나, 요즘 젊은 것들
셔츠 아래 난닝구 입지 않는 까닭
단지 멋만은 아니었구나, 까만 젖꼭지 드러나더라도
용도, 용도에 맞게 입을 요량이었구나
어쨌거나 나는
오늘도 그 난닝구 입고
청소하거나 담배 피우거나 가끔은
시를 쓸 뿐이야

알리바이

젊을수록 더
부지런히 셔터를 누르고 있다
젊은 한때의 알리바이를 위해
산을 배경으로 나무를 배경으로, 스스로
피사체가 되는 것도
아 아, 감탄사를 추임새처럼 넣어가며
호들갑 떠는 것도, 분명
알리바이를 위한 치밀한 몸짓이다
흐르면 잊혀 져
기억 밖으로 밀려나는 것, 그때
한 시절 빛났노라
증언해야 한다
말로는 믿을 수 없는 세상
알리바이도 한 둘로는 믿을 수 없는 세상
여기저기 방향 바꿔 위치도 바꿔
또렷이 남겨야 한다, 그렇다
젊을수록 더
부지런히 셔터를 눌러야 한다

바닥을 찾다

이 도시의 바닥은 어딜까?

지하도 노숙자들이 등 맞댄 곳, 그곳일까?

그곳은 때로 비속어 난무하지만 겨울도 이겨낼 만큼 따뜻
한 구석도 있어

바닥은 아무래도 아닌 것이다

노전, 비에 젖은 노파의 앉은 자리, 그곳일까?

그곳은 비록 젖었을지라도 아직 기다림 있어 또 아닌 것
이다

어딜까, 어딜까?

흐를수록 도시는 턱없이 비대해져 이제 바다 쉬 찾을 수
없다

어쩌면, 그 바다 우리 눈으론 볼 수 없는

믿음이 사라진 너와 나의 가슴 그 안쪽 아닐까? 혹

나는 무심결에 가슴 한번 두렵게 쓸어 본다

주름

아내가 다림질 한다
제 삶의 주름 올올이 풀어내 듯
가슴 어깨 등 차례로 다림질 한다
그렇더라도 이쪽을 펴는 동안 저쪽은 또
조금씩 주름지고
산다는 것은 다 펼 수 없는 것인가, 아니
주름지게 하는 것인가
겨울, 저 나무들이 몸속에 제 걸어온 날들
주름지게 하는 것도
분명 삶의 치열한 몸짓인 거라

그렇다,
우린 모두 제 삶의 무게 안으로 똬리 틀 듯
그렇게 갈무리하며 사는 것이다

희망근로

공공근로보다 희망근로가 더
품위 있는 언사인지는 알 수 없으나 그마저
별로 희망은 보이지 않는다
갈수록, 교묘히
우린 우릴 속이며 희망을 이야기하지만 그때와 다름없이
일렬종대나 일렬횡대로 구령에 맞춰, 간다
그때의 얼굴이 지금의 얼굴이다 판박이처럼
그때도 허리띠를 졸라매자고 했던가?

아직 하늘이 푸르다는 건 그나마 위안이다
그래 하늘을 보고 가자
날마다 변한다지만, 변해야 산다지만
오늘은 이렇게 변하지 않는 것이 희망일 줄이야

희망근로자들이 심어둔 팬지꽃들이 시들고 있다
지독한 가뭄이다
말라 죽기 전에 물 길어 부어야할 텐데

아하, 희망근로가 희망일 수도 있겠다

덫에 걸리다

나뭇가지에 걸린 비닐봉지 하나
바람의 속도를 따라가고 싶어 안달이다
안달할수록
칼날은 더 깊숙이 박히고 한없이
절망한다
절망하는 동안 더러 살점 뜯기고 피 뿌려질 테지만
아무도 돌아보지 않는다

삶은 살아갈수록 아프다

애초 비닐봉지는
가지와 바람의 덫에 걸린 거다
바람이 몰아오고, 나뭇가지는 숨겨 논 칼날로 여지없이
심장 찔러온 거다
그런데도 그가 바람의 속도를 따라가겠다는 건 아무래도
슬픈 역설이다

세월 흘러
그의 살점 다 뜯기고, 피 한 방울까지 다 흩어지고 그때사

삶이 덫이었음
어렴풋, 어렴풋 알게 될 거다

애기똥풀

애기똥풀 노랗게
방싯거리며 똥 누는 아침이다
세상이 다 환하다
당신도 그 곁에 앉아
어느 때라도 그런 노란 똥 눈 적 있었던가 한번 더듬어 봐라
어쩌면 그랬을지 모른다는 말은 하지 마라
살면서 매번 어정쩡한 채 흘러와
셈만 많아 구린내 나던 날들 누구 탓이라 말하지도 마라
그렇게 그늘이 쌓이는 동안, 당신은
누군가를 향해 끊임없이 겨눈 칼날 탓에
어둠 속에서 몰래 피똥 싸지 않았나?
그러니 잊을 건 잊어
오늘처럼 애기똥풀 노랗게 똥 누는 아침
그 곁에 앉아 우리
함께 노란 똥 한번 누지 않을래

햇살이 모락모락 김 피워 올려
어둔 세상 한 모서리 따뜻이 데울 것 같은

자, 이제 눈 뜨세요, 하나 둘 셋

어둠 속에서,
길 잃고 헤맬 때 있습니다, 그러나
어둠에 익숙해지면 스스로 눈 뜹니다
가려진 것들 한 꺼풀씩 벗겨질 때마다 거기
새로운 길 있음도 뜻밖에 알게 됩니다
그렇지요, 길은 길로 이어져 어디나 길입니다
그런데도 우린 매번
잃은 길 탓에 오래 아파합니다
설사, 잃은 길 찾는다 해도 그건 이미 지난 길일뿐인데

어둠도 흐르면 빛이 됩니다, 아니
애초에 어둠과 빛은 경계가 없었어요
실없이 어느 땐가 금[線] 하나 그었다가
금이 금으로 이어지다 어둠과 빛이 생긴 거지요
그렇기에, 어둠 속에서
길 잃고 헤맨다 해도 놀라거나, 슬퍼할 일 아닌 거지요

자, 이제 눈 뜨세요, 하나 둘 셋

내가 믿는 종교

곧게 살라셨는지
굳게 살라셨는지
세월 흘러 이제 희미하지만
돌아보면, 곧게 사는 것이 곧 굳게 사는 일일 듯
이음동의어다 싶다
대밭에 들면 대나무들 곧게 살기 위해 굳게 바람 버티듯이

꺾인 적 있다
곧게 살려다가, 굳게 살려다가
빌어먹을 빌어먹을
가슴 찢긴 적도 있다, 그래도
서럽진 않았다
스스로 빛나는 한생
오롯이 안으로 품어 곧고 굳은 채
한 조각 화석으로 오늘을
내일로 환히 증언할 수 있을 것 같았기에

결코,
성자가 되지 못한다 해도

곧고 굳게 사는 일은 자체로
종교 같은 것, 그러기에
끝없이 그 길 따라가며 푸른 날을 기다린다

어디선가 새소리
맑게, 가슴 적시며 온다

아무래도 진담 같다

말하지 못한 것들이 쌓이면 그게 곧 절망이라던
친구의 농담은 아무래도 진담 같다, 이 밤
낮 동안 뱉지 못한 말들 자꾸 어른거리고, 뱉고 싶은데
뱉을 곳이 없다, 또
도시는 사방이 각角져 함부로 뱉을 수도 없다, 자칫
그 각角진 곳에 찔려 하늘은 느닷없이 무너지고
상처는 뜻밖에 깊어질지 몰라 말없이 돌아설밖에
그럴 때 안으로 쌓이는 삶의 찌꺼기, 그게 절망이라던 친구
의 농담
아무래도 진담 같다
별빛이 옛날처럼, 도시의 골목으로 선뜻 내려서지 못하는
것도 어쩌면
정겨운 말 마음 놓고 뱉을 수 없는 불안 때문 아닌가 몰라
그렇기에 골목은 어둡고, 어둠 속이 말 아닌 소리들로 난무
한 것 아닌가 몰라
곳곳에 절망이, 산에 들에 이 도시에도

그래 말하자, 어둠 속에 바람 일거든 바람인 듯 말하자
아득히, 신라적 대숲에서 불던 바람인 듯 말하자

비대칭 혹은 대칭

아우는 하나님을 찾고 나는
하느님을 찾고
아우는 주기도문을 외고 나는
주님의 기도를 외고
사이사이, 아우는 그의 찬송가를 나는
나의 찬송가를 부르고
아우와 나는 함께 사도신경을 외지만 조금씩
다른 채, 이따금 가락이 무너진 채
그러나 가는 길은 끝내 같아
아멘, 아멘, 그렇게 마무리하며
아버지의 추도식은 끝을 맺는다
생전, 아버지께서 당부하신 삶의 길은
화합이었는데 이건
화합인가, 불화인가
헤어지며 나눈 악수가 분명
화합일 거라
믿으며 돌아오는 길 노을이 저리 곱다

일출

불끈 솟는 저건
바다의 발기다
생살 찢듯 벌겋게 달아올라 그리고 요동치는, 저건 분명

가늠할 수 없이 아득하던 어둠 저편 건너와
다 보일 수 없어 오래 참았던 가장 뜨거운 아랫도리, 지금
풀어낸다

당당한 저 앞에선 아무도 바로 눈뜰 수 없다
돌아보라, 우리 어느 때 저리 당당했던가

그렇게 한바탕 회오리 치고 저것
승천하고 나면
바다는 그제사 벌겋게 달아올랐던 핏빛
하나씩 하나씩 물결로 조심스레 닦아낸다

탈속물적 삶을 추구하는 내면의 목소리

신상조(문학평론가)

1. 해독되지 않는 주체로서의 쓰기

문학이나 철학에서 주체를 파악하는 일은 근대의 시작과 함께 시대를 초월하는 영원불변의 테제로 자리매김한 느낌이다. 허나 실체가 주체가 되어가는 과정, 즉 존재 중심에서 인간 중심으로 이행되는 과정에서 경험한 주체의 실체는 실로 난감하다. 예컨대 헤겔이 "정신은 오직 절대적으로 찢겨져 있는 가운데서 자기 자신을 발견함으로써만 자신의 진리를 획득한다. 그것은 (…) 부정적인 것을 대면하고 부정적인 것과 함께 머물기를 통해서만 가능하다."라고 자신의 논의를 펼쳤지만, 근대 이래로 주체는 늘 '공백'으로만 그 실체가 규정되어왔기 때문이다. 주지하다시피 데카르트의 '코기토 에르고 숨(나는 생각한다, 고로 존재한다)'에서부터 출발한 '회의적 실체' 역시 칸트에 이르러 '나는 나를 대상화할 수 없다'는 결론에 도달한다. 그가 "나는 나를 인식하는 것이 아니라 의식할 뿐이다. 나는 나를 대상화할 수 없는, 그래서 인식할 수 없는 상황에서만 나로서 존재할 수 있다."라고 주체의 실체화에 대한 '한계개념(Grenzbegriff)'을 설정한 것은 충분히 납득할만한 일이다. 이어지는 라캉의 분열된 주체(빗금 친 에스)는 또 어떠한가. 정신분석의 기초 지식에 의하면 주체는 자신이 욕망하지 않는 곳에 존재하고, 나 자신으로 확인된 시니피앙과 일치하지 않는 곳에서의 출현일 따름이다. 상상적 질서 속의 자아와 상징적 질서 속의 자아가 일치하지 않는 이 분열된 자아는, 주체의 '무너짐'을 지시하는 암울한 기표로써만 오직 자신을 증명한다.

작금에 이르러, 현대사회 내에서의 주체는 그 실체가 더욱 참담해졌다. 알랭 바디우의 지적처럼, 현대사회는 진리가 없는 상대주의자들이 목소리를 높이는 소피스트사회라고 해도 과언이 아닌 사회가 되어버렸다. 결과적으로 현대사회는 자본과 지식의 융합으로 새로운 유형의 프롤레타리아트를 낳고 있으며, "사적인 저항의 마지막 한 구석마저 빼앗긴 절대적 프롤레타리아트, 모든 것은, 즉 가장 내밀한 기억까지도 주입된 것이며, 따라서 이제 남은 것은 말 그대로 순수한 실체 없는 주체성(susbstanziose Subjektivitaet)의 공백이다."라고까지 말하는 상황에 도달했다. 그렇다면 "조종자 그 자신이 언제나 이미 조종당한다."라고 했던 헤겔의 테제를 넘어, 칸트의 '공백'이나 라캉의 '분열'도 넘어서서, 지젝 식으로 말하자면 '산출되는 잔여물' 혹은 '공백을 메우는 환영'으로만 주체가 존재한다는 말일까?

다소 길게 우회했지만, 주체의 문제를 놓고 벌이는 철학적 사고의 저 지난한 과정은 송진환 시인의 시적 세계를 지탱하는 중핵과 고스란히 포개진다. 다시 말해, 그는 '스스로를 사유하는 외로운 문학적 주체로서의 쓰기'를 계속해 왔다. "우린 어둠 속에서 그냥 어둠인 채 남아/흔들리고 있다"(「都會의 房」, 『바람의 行方』)라거나, "난 끝내/가면이었다."(「가면을 쓰고 오늘도」, 『잡풀의 노래』)는 그의 단호한 고백 속에는 문학적 직관으로 마주한 주체의 심연과 간극이 자리한다. 뿐만 아니라 이 심연과 간극은 상징적 주체의 여하한 노력이나 개입으로도 메울 수 없는 최종적 자리임에도 불구하고 그는 그 불확실성을 필사적으로 의심하고 또 의심한다. 일찍이 그가 "존재의 문제는 (…) 아무리 파고들어도 양파의 껍질을 벗기듯 그 본질을 파헤치기는 간단한 일이 아니었다. 어쩌면 영원한 숙제로 남을 수밖에 없는 것인지도 모르겠다."(『바람의 行方』의 자서 중에서)는 전언을 남긴 바 있거니와, 결과적으로 시인이 직면한 상황은 '조롱당하는 느낌의 절망'이다. 그러므로 "이러다간 나도 끝내/누구에게도 해독되지 못할 암호로 남아/설명서로는 도저히 설명되지 않는/낯선 기계가 되어/그들도 나도 깊이 더 깊이 절망한다"(「조롱당하다」, 『조롱당하다』)는 탄식은 '100쪽이 넘는 휴대폰의 설명서'를 읽던 중 불현듯 터져 나온 소리가 아니라, '끝내 해독되지 않는' 주체의 실체, 그 실재로서의 출현을 확인하는 데서 오는 신음이었다. 과연 이번 시집에서도 시인의 그러한 관심은 여전해서, "때로는 /껍질이 알맹이 되고/알맹이도 껍질 되어"(「양파처럼」)라 며 경계를 구분하거나 쉽게 규정할 수 없는 존재 일반에 대한 상념을 담담하고 단출하게 그려낸다. 그의 시가 가진 일차적 특징, 그것은 이처럼 주체의 문제를 서정의 출발점으로 삼는다는 점에 있다.

2. 어제와 겹치며 지나가는 오늘의 풍경

『못갖춘마디』를 읽는 방법에는 여러 가지가 있겠으나, 먼저 우리는 이 시집이 지나간 시간을 회고하고 정리하는 방식을 취한다는 사실에 주목할 필요가 있다. 요컨대 뜨겁고 혼돈스런 몸짓으로 얼룩진 청춘을 지나, 시대의 모순과 갈등하던 8.90년대를 보내고 난 이후의 영혼이 자신의 심연에서 길어 올린 소리를 받아 적기한 것. 그 처연한 울림이 이 시집을 이루고 있는 한 양태이다. "이팝꽃 환히 핀/봄날을" 가면 "지난 한때 기억들도 따라"(「이팝꽃 환한 봄날」)오지만, "한때는 통통 가볍게 튀어 올랐"(「녹슨 스프링 하나」)고 "한때는 반짝이던 날"들이야말로 "이만치 밀려오는 동안/굽이진 자리마다 늘 바람 거칠어, 벌겋게/풍화"(「휘어진 못 하나」)되고 있는 삶의 '흉터'이다. 시집 전체에 걸쳐져 있는 이러한 낙조落照의 정조는 개인의 심리적 의식이라기보다는 시간의 흐름에 따른 사회적인 의미 차원에서의 '바깥'을 상정한 실존론적 인식에서 발원한다.

아닌 게 아니라 이번 시집에는 오래되었거나 용도 폐기된 사물들이 자주 등장한다. 낡은 침대, 벗어놓은 바지, 녹슨 스프링, 휘어진 못, 버려진 신발, 고사목, 아버지의 시계, 빈 집, 러닝셔츠가 아닌 난닝구, 나뭇가지에 걸린 비닐봉지, 철 지난 잡지 등이 그것들이다. 시인은 이 소소하고도 누추한 사물들을 자세히 그리고 낮은 자세로 들여다본다. 그리고 그 앞에서 곰곰이 궁리한다. 멈춘 지 오래인 아버지의 시계를 보며 때로 과거로의 시간여행을 떠나기도 하고, "지우지 못할 그리움"(「삶의 비탈에 서면」)에 사무치도록 가슴이 젖기도 한다. 공원 벤치에 버려진 채 바람에 책장이 넘어가는 잡지를 물끄러미 바라보다말고 "흘러간 것이 아름답다는 말 영 믿을 수 없"(「못갖춘마디」)다는 탄식을 뱉기도 한다. 그렇더라도 시인의 인식은 사물들의 운명인 조락凋落과 죽음의 세계에 주로 머문다. 결국 해묵고 보잘 것 없는 사물들을 통해 시인에게 환기되는 것은 시간의 흐름을 견디지 못하고 탄생에서 죽음으로 건너가는 존재들의 이동이다. 그리고 인간과 사물의 경계가 사라지면서 일어나는 이 서정의 풍경을 시인은 번잡하지 않은 자신만의 언어로 나직이 발음한다.

그렇듯 오늘 하루가 숱한 어제의 하루와 겹치며 흐리게 지나간다. 어제와 오늘이 하나로 수렴되는 한, 시인에게 현실은 과거라는 창문을 통해 내다보는 풍경일 가능성이 크다. 또한 현실이 풍경인 이상, 그 현실은 모사나 재현이라기보다 시인이 세계를 바라보는 격자 너머의 풍경에 가깝다. 소풍을 가기에는 지독한 풍경. 그러한 현실을 보고 쓴 듯한 시가 한 편 있다.

한생 내내 울고 가는데
그러다가 순간
툭,
지는 목숨인데
노래하다 놀고 간다는 소문
지독히 악의적인

오독이다

세상은 자주 그런 곳이다
—「오독誤讀」 전문

'한생 내내 울고' 간다는 말을 시인의 개인사인양 곧이곧대로 받아들여서는 곤란하다. 모름지기 시인이란 "그 누구도 구원할 수 없고 그 누구의 기도도 경청할 수 없으며 그 무엇도 창조하지 못한다는 비애"(김소연)에 줄곧 시달리지만, 또한 아무도 아파하지 않는 세상을 위해 스스로 질병을 않는 존재이기 때문이다. 그럼에도 불구하고 시인을 두고 다만 '노래하다 놀고 간다는 소문'이 난 것일까?

짐작건대 이 시는 시인의 삶을 매미의 한살이에 비유한 모양이다. 매미는 짧게는 2년에서 길게는 17년씩이나 유충으로 지내는데 반해, 성충으로 사는 기간은 불과 한 달도 못 미치는 곤충이다. 그것도 수컷 매미의 경우, 성충 시기 내내 짝짓기를 목적으로 공명실만 죽어라 울다 툭, 떨어지듯 허물로 남는다. 그러니 땡볕 아래서 꿈처럼 잠시 쏟아내고 가는 매미의 소리가 과연 노래이기만 하겠는가. 무엇보다 대상의 형편에 귀 기울일 때, 적어도 울음을 노래로 '오독'하는 일은 일어나지 않을 것이다.

하지만 시인이 관찰하기에 세상은 '자주' 그리고 '지독히' 악의적이다. 이곳은 책임지지 않는 '소문'이 아무렇게나 돌아다니는 곳이며, 사람들이 타인을 잘못 읽거나 틀리게 읽는 일은 그들의 불가피한 실수가 아니라 무의식을 가장한 의도적 행위다. 누군가 "착하기 위해 루터나 간디 수준의 결단을 해야 하는 사회는 나쁜 사회"라고 말한 적도 있지만, 적어도 그렇지 않은 세상이라고 자신 있게 말하기란 어렵다. 따라서 그러한 세상과 쉽게 결합하지 못한 채 시인이 늘 현기증을 느낌은 필연적인 현상이다. 세상의 '밖'에서 세상의 '안'으로 들어가는 행위는 자유롭지 못하며, '그들'과 '나', '시인'과 '세상'은 영원히 합치되지 못한다. 한편으로 그가 세상과의 조화가 불가능하다고 상정

함은 앞서 말했다시피 세상의 '안'과 '시대'가 부패해 있음을 의미하는 것이기도 하다. 다음의 시는 그러한 세상과 방향을 달리하는 시인의 태도가 잘 드러난다.

한때, 회전문 앞에 서면
회전문의 속도에 내 속도 맞출 수 있을까
자칫 그 안에 영 갇히지나 않을까 내심
불안한 적 있었습니다
그 한때의 기억은
살면서도 좀체 지워지지 않았고 지금도
회전문 앞에 서면 왠지 자유롭지 않습니다
불온한 시대를 건너온 탓일까요
이따금의 악몽도 그 탓일까요, 오 저런
회전문 저리 두려움도 없이 들고 나는 사람들은
어느 시대를 건너왔을까요, 어쩌면
달거나 쓰거나 그대로 다 용서하며 사는 성자일까요
8부 능선에 서 있어도
부질없는 생각 이리도 많습니다
빌딩은 늘 너무 위압적이라
그늘만으로도 내 한생 다 덮을 듯싶습니다
재빨리 돌아서서 냅다
어린 시절 열려도 그만 닫혀도 그만인 그
사립문 향해 달렸습니다

그처럼 회전문에 대한 기억은 내게 매번
짙은 어둠입니다
　　　　　　　—「회전문에 대한 기억」전문

　회전문을 '두려움도 없이 들고 나는 사람들'에 대한 놀라
움이야말로 화자가 야심이나 위선과는 거리가 멀다는 걸
보여준다. 그렇더라도 냉혹하고 부패한 세상을 탓하며 '어
린 시절의 사립문'으로 매번 달려가는 일이 능사일리는 만
무하다. 현실을 회피하지 않기 위해서라도 시인은 이 비루
한 지상의 삶을 넘어서야만 한다. 때로 이해받기를 거절당
할 지라도 "이마의 낙인쯤은 (…) 개의치 않"고, "하루를 또
/가볍게 시작할 수 있"(「아무 일도 없었다」)어야 한다. 시
인의 성품이 도덕적이고 온화해서만은 아니다. 치명적인
상처를 싸매주는 일과 부조리한 세상에서의 꿈꾸기. 시가
하는 일이 바로 그와 같아서이다.
　해서 반성하는 이 시적 자아는 "질주하던, 폭력적인 것들
이/점멸등도 비웃고 지나간 시간 속에, 나는 아팠고/그것들
의 뾰족한 노림수가 지금도, 두렵다"고 겪어왔던 마음의 고
통을 토로하면서도 "애초 점멸등 앞에 선 게 잘못이었다/
그게 가장 위태롭고, 치졸한 방식이란 걸 알지 못하고/그
앞에 선 게 잘못이었다"(「점멸등 앞에 서서」)라고 자책하
거나, "인간은 자주 인간답지 못해/저만이 기준이라는 못
된 습성에 매몰되어 있는 것//돌아보라, 너!"(「하루살이」)

하는 일갈과 함께 스스로를 먼저 반성한다. 세상을 대하는 시인의 의식이나 삶의 태도가 최종적으로 어떠한지를 짐작케 하는 대목들이다.

요컨대 주관이 강한 사람일수록 어떠한 상황에 부딪히거나 사물을 바라볼 때 이면을 보기보다는 자기 식대로 판단하고 평가하기 십상이다. 반면 시인의 시는 시련이나 갈등 해결의 열쇠는 다름 아닌 자기 안에 있다는 사실을 직접적으로, 또는 암시적으로 보여준다. 줄 하나에 간신히 저를 매달고 빌딩의 유리창을 닦는 사내를 두고 "세상이 더럽힌 창 그가 닦는 것은/다가올 생을 위해 스스로 저를 닦는 고행"(「창 닦는 사내」)이 아니겠냐며, 어느새 그가 "성자"가 되어있다는 생각을 드러내기도 한다. 왜냐하면 "곧고 굳게 사는 일은 자체로/종교"(「내가 믿는 종교」)라는 믿음을 시인은 가져서이다.

나아가 그는 "쪼그리고 앉아 빨래하는 아내의 뒷모습에 (…) 내 가장 아껴둔 꽃등 하나 내걸고 싶다"(「아내에 대한 생각 4」)며 윤리적인 삶의 구체적인 방식까지 제시한다. 따지고 보면 '꽃등'은 부부의 일상 속에서 이루어진 소박한 발상인 동시에 시인에게 내면화된 부부애의 가치를 보여주는 상징적 기표다. 그럼에도 불구하고 이 어눌한 시적 형식 앞에서, 많은 유창하고 화려한 말들이 무의미하게 느껴짐은 왜일까? 이유는 "아픔은 울음이 되고, 그마저 쌓이면 응어리"(「아내에 대한 생각 4」)가 되고 만다는 사실을 실제적

타자인 아내에게서 읽어내는 시인의 '사랑' 이야말로, 세계 내의 상처와 부조리를 가볍게 넘어설 수 있는 강력한 힘이라서 일 것이다.

3. 사회·역사적 책임의식을 기저로 한 일상 세계와 내면의 탐구

시란 늘 시인이 처한 곤경과 그의 무력함을 드러내며 써진다. "손닿지 않는" 곳에 "한없이 가닿고 싶은 것이 시인의 마음일지라도, 언어로는 "매번 손닿지 않"(「가려운 곳은 매번 손닿지 않아도」)는 곳이 또한 시인이 가닿고 싶은 바로 그 지점이다. 언어란 실로 성긴 그물이거나, 발설하는 순간 어긋나버리는 진실이라서 이다. 따라서 말하려는 언어와 표현된 언어 사이에는 어떤 형태로든 간극이 있게 마련이다. 시인이 언어를 통해 아무리 개인적 의미화를 행한다 하더라도 그 의미는 절대성을 지닐 수도 없으려니와, 독자에게는 물론 시인 스스로에게도 만족스러울 만큼 수용되지 않는다. 결과적으로 시인은 무언가를 늘 무겁게 배태하나 손에 받아 안는 것은 자신의 생각을 도무지 닮지 않은 자식, 혹은 '사산死産' 되어버린 언어의 차가운 몸뚱이다. 그래서 송진환 시인은 언어를 도구로 사용하느니 차라리 그 언어를 살아버리는지도 모르겠다. 예컨대 다음의 시는 시를 쓰는 사람이 몸으로 언어를 직접 체현하는 방식이 의미이자 형상이다.

이 저녁

쓸쓸하다, 란 말은 내게

형용사 아니라 동사다

허공을 끌어당기는 저 잎새들의 파장에,

담쟁이 마른 덩굴을 벽지처럼 바른 채

무언가 안간힘으로 밀어내는 저 옹벽에,

가슴 마구 흔들리는 건 분명

형용사로 설명될 순 없다

어둠 내릴 때 그대 빈자리를 서성대는 것도 결코

형용사론 설명될 수 없다

말하지 않는다고 어디 고요한 것인가

고요한 듯 안으로 끓어오르듯이

쓸쓸하다, 란 말은 내 안에서 끝없이 흔들리는 것이다

어둠 속에 혼자 있을 때

잊혀 진 이름들이 언저리를 맴돌아 더 쓸쓸한 것이

당신을 더 먼 곳으로 끌고 가지 않던가

그런 것이다, 이 저녁

흐린 불빛 안고,

우리 모두 지나가는 계절을 더듬고 있는 건 분명

형용사로 설명될 순 없는 것이다

        —「쓸쓸하다, 란 말은」 전문

이 시는 낡아서 쓸모없어진 말, 즉 최근의 시들이 진부하다며 직접적으로 사용하기를 꺼려하는 '쓸쓸하다'를 아예 제목으로 놓았다. 하지만 시에서 새로운 말을 발굴하는 일과 오래된 말을 새롭게 사용하는 일은 별반 다르지 않아서, 쓸쓸한 화자의 마음이나 '쓸쓸하다'란 형용사 그 자체를 어떻게 형용하는가가 중요할 것이다. 문제는 우울이나 비애를 뜻하는 '멜랑콜리'가 그리스어 멜랑(melan, 검다)과 콜레(cholē, 담즙)의 합성으로 이루어져있는 데서도 짐작할 수 있듯이, 저런 마음들은 형태나 성질이 너무나 모호해서 자기 거라고 자기가 다 헤아릴 수 있는 것도 아니다. '잎새'와 '옹벽'을 핑계하지만 무언가를 간절히 '끌어 당기'면서도 못내 '밀어내'고자하는 갈등, 표현할 수 없어 속으로만 '끓어오르고' '흔들리는' 정념, 마음의 정처를 '더 먼 곳'으로 끌고 가는 '더 쓸쓸한' 이름들에 대한 기억으로 화자의 내면은 그야말로 뒤죽박죽이지 않은가.

그런즉 복잡하고 미묘한 심사를 제대로 설명할 수 없을 바에야 시인 스스로 언어를 직접 겪어버리는 상황을 공개할 수밖에 없다. 시인은 '쓸쓸하다'란 형용사를 '동사'로 치환해 예민하게 체현함으로써 자신의 감정에 대해 '말하기'가 아닌 '보여주기'를 선택한다.

부연하자면 '쓸쓸함'은 송진환 시인의 이번 시집에서 반복적으로 나타나는 주제이자 정서이다. 가령 다음의 시를 살펴보자.

쓸쓸한 날 혼자, 빈방에서
흘러간 노래 불러본 적 있는가, 가령
'봄날은 간다' 를
두 번 세 번 불러본 적 있는가
그러다가 더러
꺾여 넘어가지 못한 그 어디 구성진 자리
몇 번이나 겉돌며 서러워한 적 있는가
흘러와 이만치 서면 지난날이 다 봄날이라
오늘은 창밖에 바람만 저리 많다
　　　　　—「너에게 말한다」 부분

　빈 방에서의 고독을 말하고자 함은 아니다. 흘러간 가요
의 한 자락을 부르다 끝내 '넘어가지 못한 그 어디 구성진
자리' 에 시인의 마음은 위치해 있다. 인생에서 쓸쓸함은 얼
마나 많은 연습이 필요한지, 구성진 고개를 넘어가려고 몇
번이나 '겉돌며 서러워' 해봤자 '창밖에 바람' 은 저리도 많
다. 필시 '바람' 은 "봄날은 오래전 가고 없었다"(「너에게
말한다」)는 그의 상실감으로부터 비롯했을 터이다. "뜨겁
게, 참고, 떠나보" 겠다고 결심하지만 "삶은 애초 밀려가는
것이" 라는 허전함, 날이 갈수록 "중심에서 멀어진다"(「가
려운 곳은 매번 손닿지 않아도」)는 괴로움이 그리 만만할리
없지 않은가. 보편적 인간상에 비추어볼 때, 시간이 가고

시인의 마음이 좀 더 헤맨다고 해서 그 공허함이 숙지기는 어려워 보인다.

　저러한 에피소드의 반복은, 시인이 자신의 일상적 감성과 자전적 요소에서 소재 대부분을 이끌어낸다는 점을 시사한다. 즉 그의 문학을 이루는 주된 흐름은 크게 일상 세계와 내면의 탐구로 나눌 수 있다. "오늘도 그 난닝구 입고/청소하거나 담배 피우거나 가끔은/시를 쓸 뿐이야"(「난닝구」)와 같은 시가 전자에 해당한다면, "난 수시로 가슴 치며 더 그늘진 시나 쓰고/자꾸 겨울로 간다"(「시와 뜨개질」)는 작품은 후자에 해당하겠다.

　그런데 주목할 부분은 그의 시 기저에는 '일상 세계와 내면의 탐구'에 치중한 기존의 문학들이 소홀히 다룬 사회·역사적 책임의식이 도저하다는 점이다. "90년대적인 혹은 2000년대적인 '하이퍼 일상'이 역사가 빠져나간 진공의 공간에서 욕망하고, 모색하고, 방황하고, 흩어지는 속물적 일상"(김홍중)이라면, 『못갖춘마디』의 시적 자아는 과거를 회고하거나 시대를 전망함으로써 현실을 인식한다. 송진환 시인의 문학이 보이는 이러한 책임의식은 벤야민이 말한 '현대 작가의 윤리적 책무', 다시 말해 "현대 작가의 윤리적 책무는 창조자가 되는 것이 아니라 파괴자가 되는 것이다. 피상적인 본질, 보편적 인간성이라는 위안적인 개념, 딜레탄트적 창조성, 공허한 문구의 파괴자가 되는 것"이라는 입장과는 성격을 달리한다. 오해의 소지가 있어서 짚고 넘어가자면 그의 시가 '피상적인 본질, 보편적 인간성이라는 위안적인 개념, 딜레탄트적 창조성, 공허한 문구'로 이루어져 있다는 말과는 다르다. 애초에 그의 시는 이러한 것들에 대한 '파괴'를 염두에 두지 않은 다른 선에서부터 출발했음을 강조하고 싶은 것이다.

결과적으로 불온한 상상력을 토대로 한 도발과 전복, 삐딱하고 위악적인 포즈, 파편화되고 분열증적인 언어에 점령당하지 않은 그의 시는 분명 과거 세대가 가진 삶의 양식 및 감수성을 그대로 전수하는 방식이라고 할 수 있다. 또한 신실한 자기성찰의 근저에는 공동체적 인간으로서의 '소통'을 염두에 둔 목적의식이 자리한다. 그런 맥락에서, "골목은 어둡고, 어둠 속이 말 아닌 소리들로 난무"한다는 그의 "절망"(「아무래도 진담 같다」)은 긍정의 모멘트를 모색하기 위해 내면의 도덕률에 귀 기울이는 자의 목소리에 다름 아니다. 무언가를 부정하면서 반드시 이루고자하는 변증법적 시학. 『못갖춘마디』에 자리 잡은 애수와 허무의 목소리가 탈속물적 삶을 위해 시인이 처방한 치유법으로 우리 곁에 남는 이유가 바로 이 때문이다.